GW01605327

Le fantôme qui pète

WIAZ

Le fantôme qui pète

La Différence

à Léa, ma fille

C’était une très jolie maison.
Monsieur et Madame Potiron n’en revenaient pas d’avoir pu la louer à un si bon prix.
Le vendeur leur avait dit : « Vous avez de la chance, elle vient de se libérer ! Les anciens locataires ne supportaient pas le climat ! » La pelouse vert pomme était entourée par quatre beaux platanes.
La maison, bien qu’assez petite, leur paraissait gigantesque. Un étage plus un grenier, une vigne vierge et de jolis volets bleus…
– Ça sent une drôle d’odeur, dit Monsieur Potiron en ouvrant la porte.
– Bah ! Ça sent le renfermé ! répondit Madame Potiron. Ouvrons bien les fenêtres pour aérer.
Emma et Saturnin, c’étaient leurs prénoms, s’installèrent le jour même.

Madame Potiron était une maîtresse femme, et le ménage fut fait en un rien de temps. On installa de nouveaux rideaux, mit de beaux draps blancs et Madame Potiron décora la chambre de leurs petits-enfants qui devaient les rejoindre plus tard. Pendant ce temps, Monsieur Potiron vérifiait la plomberie et l'électricité. Il faisait aussi livrer du bois pour les cheminées. Ça allait être une bien jolie maison !

Monsieur Potiron téléphona au peintre, mais eut beaucoup de mal à trouver des fournisseurs. Chaque fois qu'il donnait l'adresse de la maison, il y avait un blanc au téléphone et chaque fois, son interlocuteur trouvait un prétexte pour ne pas venir.

C’est trop loin, il fait trop chaud, je n’ai pas le temps, nous manquons de peinture…

« Bizarre, bizarre », s’était dit Monsieur Potiron.

La nuit arriva. Monsieur Potiron éteignit la lumière et embrassa sur la joue Madame Potiron. « Bonne nuit, Saturnin. »

Tous deux se blottirent sous la couette en se tenant la main.

Dehors, c’était le printemps et l’air était doux. Un léger vent faisait frissonner les feuilles des quatre platanes. La nuit sentait bon et ils étaient bien.

Tout à coup, dans le silence de la chambre, on entendit un bruit incongru.
PROUT !
Suivi d'une odeur fort désagréable.

PROUT !

– Madame Potiron, vous exagérez, dit Monsieur Potiron.
– C'est trop fort ! Mais c'est vous qui avez fait ce bruit, rétorqua Madame Potiron. Moi, mes prouts sentent toujours la rose !
– La rose ? Ah ah ah, elle est bien bonne, s'esclaffa Monsieur Potiron. Ça sent plus la porcherie que la roseraie, mais je vous pardonne…
PROUT ! Un autre vent terrible venait de déferler dans la pièce.
– Ah non ! Monsieur Potiron, là vous exagérez !
Madame Potiron était rouge de colère.
– Ouvrez la fenêtre pour aérer ou je vais dormir dans la chambre des enfants !
– Mais enfin, Emma, ce n'est pas moi ! s'exclama Monsieur Potiron. C'est vous… qui…
PROUT !

– Bon, j’ai compris, s’écria Madame Potiron, je m’en vais… Vous pourrez faire ce que bon vous semble ! Bonne nuit, Monsieur Potiron et bons vents !...

Emma se leva et sans un mot se rendit dans la chambre des enfants. La porte claqua lugubrement et Monsieur Potiron se retrouva tout seul.

– Ça alors ! C’est trop fort ! marmonna-t-il.
C’est elle qui pète et c’est
sur moi que ça tombe !... PROUT !

– Emma ? Tu es là ?

Monsieur Potiron alluma et dut
se rendre à l’évidence,
la pièce était vide et il était tout seul.

– Il y a quelqu’un ?
dit-il d’une voix tremblotante.

PROUT !

Une odeur fétide se répandit dans la
chambre à coucher. Cette fois-ci, plus de
doute, il y avait quelqu’un, mais où ?

Monsieur Potiron fit le tour de
la pièce, regarda sous le lit, derrière
les rideaux, ouvrit les volets...
Rien. Personne.

Cette fois-ci, Monsieur Potiron
avait vraiment peur.

– Emmaaaa ! Au secours !

Madame Potiron accourut,
les cheveux en bataille.

– Quoi ? Qui y a-t-il ?
On t’attaque, mon Saturnin ?

– Emma, il y a quelqu'un dans cette chambre, j'en suis sûr et c'est lui qui pète, maintenant, j'en suis certain.

PROUT !

– Tu vois ? Tu vois ? Ce n'est pas toi, ce n'est pas moi. Alors, c'est qui ?

Le lendemain matin, à la première heure, Monsieur et Madame Potiron retournèrent voir le notaire qui leur avait loué la maison.
Quand ils entrèrent dans son bureau, le visage de Monsieur Rabotin (c'était son nom) vira au vert.
– Vous venez rendre les clefs de la maison ? murmura-t-il. Déjà !
– Ça n'a pas l'air de vous surprendre, tonna Madame Potiron. Dites-nous tout, avouez, c'est vous qui faites ces ignobles bruits dans notre chambre ?

Madame Potiron était rouge de colère et si Monsieur Potiron n'avait pas été là, elle aurait sûrement assommé Monsieur Rabotin à coups de parapluie.

– Ah mais non, mais non ! se récria le notaire. Ce n'est pas du tout ce que vous croyez !
– Expliquez-vous, gronda Monsieur Potiron.
– Eh bien voilà, murmura Monsieur Rabotin en se tordant les doigts. Cette maison est parfaite, mais elle a un petit problème, elle abrite un fantôme, je dirai même plus, un fantôme péteur.
– Un fantôme péteur ? entonnèrent Monsieur et Madame Potiron d'une seule voix. Vous vous moquez de nous, Monsieur Rabotin ! Les fantômes n'existent plus, encore moins les fantômes péteurs !
– Hélas si ! répondit le notaire, et c'est pour cela que je n'arrive pas à vendre cette maison ni à la louer. Chaque fois, on vient me rendre les clefs. Cette maison est un enfer pour moi ! Tenez, je vous la donne, pour rien, je ne veux plus en entendre parler ! Signez ici, elle est à vous !

Devant Monsieur Rabotin en larmes, Emma et Saturnin étaient bien perplexes. Que faire ? Partir ? Chercher une autre maison ? Madame Potiron s'était donné bien du mal pour la remettre en état et l'idée de tout recommencer ne lui plaisait guère.

Emma regarda Saturnin du coin de l'œil : jamais, ils n'auraient assez d'argent pour acquérir une aussi jolie maison. Que faire ? Que faire ? Que faire ?

– Vous nous la donnez vraiment ? demanda Monsieur Potiron.

– Oui ! Oui ! répondit le notaire. Tout est en règle, signez ici… Mais surtout, je vous en supplie, je ne veux plus entendre parler de cette maison.

De nouveau, Monsieur Rabotin fondit en larmes sous les yeux ahuris de Monsieur et Madame Potiron.

En cinq minutes, les papiers furent signés et Emma et Saturnin quittèrent le notaire,

visiblement soulagé. Une fois la porte fermée, ils entendirent un grand ouf ! Monsieur Rabotin avait l'air bien content.

– Je ne sais pas si nous avons eu raison, murmura Madame Potiron. Nous voici propriétaire d'une jolie maison et d'un fantôme péteur.

– Bah ! Nous trouverons bien une solution, dit Monsieur Potiron, toujours optimiste.

– Tu as raison. À nous deux, ou plutôt, à nous trois ! Fantôme péteur, clama Emma.

Il fallait maintenant se préparer à livrer bataille. Le fantôme allait voir ce qu'il allait voir !
Avant de rentrer chez eux, Monsieur et Madame Potiron firent quelques achats.

– Des pinces à linge ? Pourquoi des pinces à linge ? demanda Monsieur Potiron. Emma en mit une sur le nez de son mari.

– Aïe ! Ça fait mal ! cria Saturnin.

– Peut-être, mais comme ça nous ne sentirons plus rien !

L'idée était bonne. Monsieur Potiron, lui, avait acheté du coton pour mettre dans les oreilles. L'ennui, c'est que du coup, il n'entendait plus Madame Potiron : il faudrait trouver autre chose.

Léa et Théodore arrivèrent l'après-midi. Ils étaient encore très petits et leurs grands-parents ne savaient vraiment pas comment leur annoncer la nouvelle : un fantôme péteur dans la maison !

Contre toute attente, les deux enfants poussèrent des hurlements de joie.
– On va bien rigoler ! dit Théodore.
– Et on pourra péter en disant que c'est pas nous, ajouta Léa.
Monsieur et Madame Potiron étaient un peu dépassés par les événements.

Le soir, pour le dîner, Emma décida de faire du chou farci ; c'était le plat préféré de son mari et elle espérait ainsi remonter le moral de Saturnin. Celui-ci était abattu, l'oreille continuellement aux aguets, l'œil sombre, la narine frémissante, il guettait. Rien… Peut-être le fantôme était-il surpris par la résistance des occupants de la maison ? Il fallait s'attendre à tout.

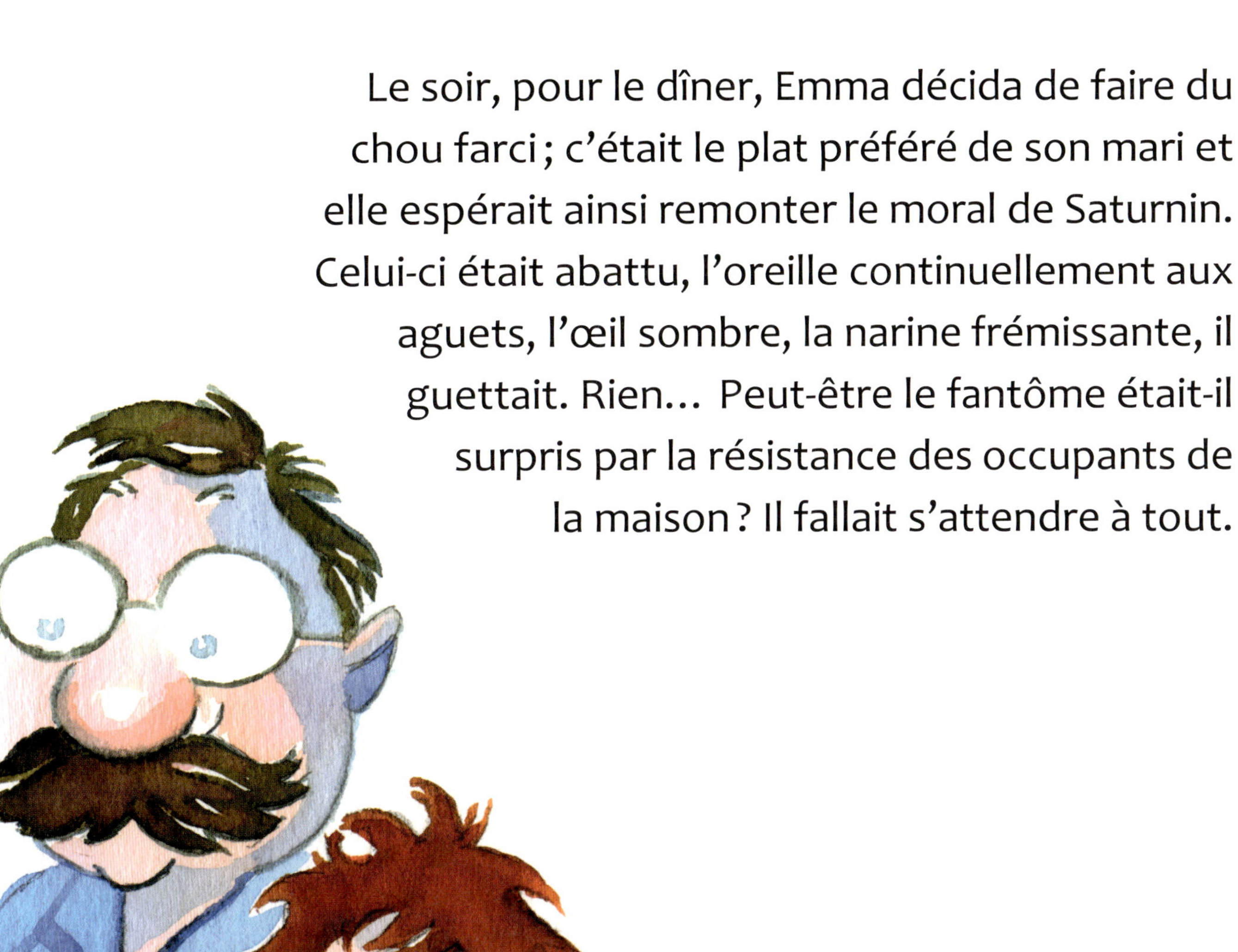

Le dîner terminé, Monsieur et Madame Potiron allèrent coucher les enfants.
– Oma, Oma, pourquoi il n'est pas là le fantôme ?
PROUT !
– Ah non ! Ça c'est de la triche ! Théodore, je t'ai reconnu, gronda Madame Potiron.
C'est au milieu des éclats de rire qu'Emma et Saturnin accompagnèrent les enfants dans leur chambre.
– Bonne nuit, mes chéris, et surtout : pas de bêtise !
PROUT !

Effondrés, Monsieur et Madame Potiron refermèrent la porte. Un fantôme péteur, c'était déjà difficile, mais trois, alors là, ça allait devenir un calvaire…

Léa supportait mal le chou farci : elle sentait son petit ventre tout ballonné. Ils étaient à peine couchés depuis dix minutes que ce qui devait arriver arriva.

PROUT !

– Beueurk, c'est dégoûtant ! dit une voix dans le noir.

– Eh… Oh… Théodore, ça va ! À toi aussi ça t'arrive et puis, tout à l'heure, tu trouvais ça drôle !
– Mais Léa, je n'ai rien dit ! répondit Théodore.

– Rien dit ?

Théodore ralluma la lumière et regarda Léa dans les yeux.
– Tu crois que c'est le fantôme qui a parlé ?
– Alors non seulement il pète, mais en plus, il parle !... Il faut en avoir le cœur net. Léa, s'il te plaît, essaie de péter encore.
– Moi, Théodore, péter encore ?
– Oui, pour le faire réagir.
Léa se mit donc à pousser. Toute congestionnée, elle vira au rouge vif. Théodore, mort de rire, regardait sa sœur, la tête dans les épaules, les joues gonflées, les yeux révulsés.
« Pourvu qu'elle n'explose pas », pensa Théodore.
PROUT !
– Beurk ! Ah non ! Quel manque d'éducation ! C'est répugnant ! gémit une voix invisible.
Léa et Théodore venaient de faire une découverte essentielle : le fantôme péteur ne supportait pas les pets des autres !

– Mais alors, dit Léa, nous avons contre lui une arme absolue ! Et elle lâcha un petit pet léger dont, seule, elle avait le secret. Aussitôt des sanglots se firent entendre au milieu de la chambre, suivis d'un chapelet de prouts comme jamais Léa et Théodore n'en avaient entendus. La pince à linge sur le nez, Théodore alla ouvrir la fenêtre.

– Vite ! Allons prévenir Oma et Opa ! s'écria Léa. Les deux enfants coururent vers la chambre de leurs grands-parents.

– Opa ! Oma ! Réveillez-vous !

– Quoi ! Quoi ! répondit Monsieur Potiron. Encore le fantôme ?

– Mieux que ça, répondirent Théodore et Léa, nous avons fait une découverte formidable !

À moitié réveillés, Monsieur et Madame Potiron écoutèrent la trouvaille de leurs petits-enfants. Ce n'était pas très clair, tant les petits étaient survoltés.

Très vite, un plan de bataille fut échafaudé.

– Le combat est commencé et il sera rude, dit Monsieur Potiron.

– Demain, nous ferons du cassoulet avec de gros haricots blancs !

– Ah ! Ah ! Le fantôme allait voir ce qu'il allait voir ou plutôt sentir. Madame Potiron gloussait. Cela faisait des années qu'Emma et Saturnin ne s'étaient pas sentis si proches que cette nuit-là. Ils s'endormirent dans les bras l'un de l'autre.

Le lendemain, on s'activa en cuisine. Madame Potiron avait été acheter deux kilos de haricots tarbais, du confit de canard, des saucisses de Toulouse, des tomates et même un bouquet garni. Personne n'avait déjeuné, il fallait que le soir, tout le monde ait une faim d'ogre. Léa avait un peu ronchonné au moment de quatre heures, mais bon ! À la guerre comme à la guerre !

L’heure du souper arriva enfin. Saturnin avait ouvert une bouteille de bon Madiran, bien lourd. Les enfants avaient mis la table. C’était la fête dans la jolie maison.

– Et si ça ne marche pas ? demanda Madame Potiron.

– Ça nous aura au moins permis de faire un bon repas, lui répondit Monsieur Potiron. En effet, pour un bon repas, ce fut un bon repas.

– Ça suffit ! Ça suffit ! implorait Léa.
– Allons, allons, c'est pour la bonne cause ! insistait Emma en lui reversant une louche de gros haricots blancs.
– Prout ! Ça commence ! claironna Monsieur Potiron. Maintenant, tous sur le pont ! Feu roulant à volonté !
Ce fut un vrai combat naval. Décharge après décharge, la famille Potiron passait de pièce en pièce. Le bruit était assourdissant, les pinces à linge, indispensables.

De temps en temps, entre deux salves, on entendait un long gémissement ; le fantôme était bien mal en point. Enfin, au bout d'une heure et demie, il demanda grâce.

– Pitié ! Pitié ! implora-t-il. Je me rends. Je m'en vais !

Madame Potiron avait un grand cœur et elle fut émue par les sanglots de détresse du fantôme.

– Vous n'êtes pas obligé de partir. Nous, nous aimons bien les gentils fantômes. Mais promettez-nous de ne plus péter dans la maison !

– Promis ! Promis, juré ! s'écria le fantôme fou de joie. Quand j'aurai trop envie, j'irai dans le jardin ou alors, je rendrai visite à l'étude de Monsieur Rabotin.

Cette idée fit beaucoup rire Monsieur et Madame Potiron et tout le monde alla se coucher de bonne humeur.

Maintenant, la vie est calme et douce dans la jolie maison et quand, dans la nuit, on entend un bruit incongru, ce n'est plus le fantôme péteur !

Michel Butor
&
Titi Parant
LES
TROIS
CHÂTEAUX
La Différence
MERCREDI
MARDI
VENDREDI
DIMANCHE

Jacques Bellefroid
l'Ogre
et les
grenouilles
dessins de
Jean Mineraud
La Différence

ACHEVÉ D'IMPRIMER EN JUIN 2013
SUR LES PRESSES DE GRAPHO 12 À VILLEFRANCHE-DE-ROUERGUE
AVEC LA COLLABORATION DE AGM À VIX

ISBN : 978-2-7291-2026-9

Imprimé en France